CELSO SISTO

CONTINHOS SUSPIRADOS COM POESIA, PARA DEPOIS DAS CINCO

Ilustrações
Luiz Maia

Dados Internacionais de Catalogação na Publicação (CIP)
(Câmara Brasileira do Livro, SP, Brasil)

Sisto, Celso
    Continhos suspirados com poesia para depois das cinco / Celso
Sisto ; ilustrações Luiz Maia. – São Paulo : Paulinas, 2011. – (Coleção
cestos de letras. Série entreversos)

    ISBN 978-85-356-2766-4

    1. Literatura infantojuvenil   I. Maia, Luiz.   II. Título.   III. Série.

11-05409   CDD-028.5

Índices para catálogo sistemático:
    1. Literatura infantil   028.5
    2. Literatura infantojuvenil   028.5

1ª edição – 2011

Direção-geral: *Bernadete Boff*
Editora responsável: *Maria Alexandre de Oliveira*
Assistente de edição: *Rosane Aparecida da Silva*
Copidesque: *Ana Cecilia Mari*
Coordenação de revisão: *Marina Mendonça*
Revisão: *Ruth Mitzuie Kluska*
Assistente de arte: *Sandra Braga*
Gerente de produção: *Felício Calegaro Neto*
Produção de arte: *Manuel Rebelato Miramontes*

*Nenhuma parte desta obra pode ser reproduzida ou transmitida por
qualquer forma e/ou quaisquer meios (eletrônico ou mecânico, in-
cluindo fotocópia e gravação) ou arquivada em qualquer sistema ou
banco de dados sem permissão escrita da Editora. Direitos reservados.*

Paulinas
Rua Dona Inácia Uchoa, 62
04110-020 – São Paulo – SP (Brasil)
Tel.: (11) 2125-3500
http://www.paulinas.org.br – editora@paulinas.com.br
Telemarketing e SAC: 0800-7010081
© Pia Sociedade Filhas de São Paulo – São Paulo, 2011

Para Maria Tereza Amodeo e Vera Pereira,
que me abriram as portas do CELIN
(Centro de Referência para o
Desenvolvimento da Linguagem),
lugar das maravilhas, na PUCRS.

Cada vez que ela lançava o balde ao poço, encontrava o fundo repleto de nada, a metros e metros de profundidade. Ainda assim, conseguia tocar as entranhas de veias abertas e feias cicatrizes. E com as lágrimas que chorava, ia devolvendo ao poço o seu destino de reservatório líquido. Da mistura de sangue e água, alguma árvore haveria de brotar.

Quando ele ficava triste, quase sumia. Ficava tão pequeno que cabia na palma da mão. Refugiava-se nos cantos, nas estantes, atrás dos livros, recusando qualquer contato de olhares. Só lhe interessava ficar imóvel, apontado para não se sabe onde, talvez diante do nada, que é o mesmo que fitar o avesso, sem ver. Depois de dias, ia ganhando de novo sua estatura de homem, mas ressurgia mutilado, sempre faltando um dedo.

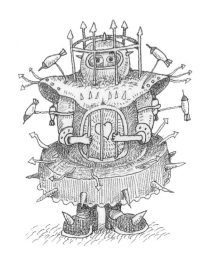

Ela estava no esconde-esconde das esquinas, entre os que vão cismando a sorte por cima dos muros. Trajava uma simples pele, e a carapaça dura a protegia do toque de outras mãos. Intocável mesmo era o coração, aninhado entre dardos de aço e estacas de ferro, para suportar a dor de não ser olhada.

Eles estavam por chegar. Ela sabia. Começavam a lhe crescer os cabelos e a entortar as unhas. O nariz, então, se avolumava, pela necessidade de estar feia e quase sempre má. Procurava, cambaleante, a vassoura atrás da porta e ia, envolta em amarguras, receber os filhos.

Eram filhos diferentes em tudo. Um, repetidor de modelos; outro, prático; outro, poeta. O primeiro casou com moça que lembrava a mãe, e vive imerso no ter o que deixar para os filhos. O outro, para fugir da beleza atraente e afastar o medo de perder, dedicou-se a salvar o mundo. O terceiro, poeta sem continente, vive de cidade em cidade, ávido de sentir-se em casa na casa das palavras. Todos são felizes, cada um a seu modo. Um vai virar semente, o outro, santo e o outro vai ser esquecido. Qual deles?

Cada vez que a pia enchia-se de louça, um dos seus nervos se rompia. E entre lavar e emendar a sorte, costurava com sorrisos falsos as tarefas que odiava. Mas, incapaz de gritar, ia entortando os dias, a poupar para o futuro a certeza de companhia.

Seguro era olhar o mundo pela janela de vidro! Por isso ele se escondia atrás dos óculos. Protegia-se da luz do dia e da luz de outros olhos. E mantinha à distância o mundo que o agredia. Mas a janela fingia obedecer ao seu comando. Não fechava a qualquer hora e tampouco abria quando ele queria. A janela dos óculos, senhora absoluta de sua própria vontade, só admitia um segundo movimento: arrancá-la do rosto e pronto! Um dia, apesar dos dois olhos, ele descobriu que bastava uma das mãos para inaugurar o mundo!

Já não dormia, com medo de morrer de sonhos. Esperava de olhos abertos a ferida com que a luz da manhã a atingia. Assim, depois de passar as noites inquieta entre a respiração das trevas e a inalação do sol, trocava de roupa e ia magistralmente preparar o café do amanhã.

Tinha lido todos os livros para não deixar nada para os outros. Contava as histórias do seu jeito, fazendo adaptações desnecessárias, porque queria dizer mais do que as palavras. E não admitia erros! Por isso, numa rebelião organizada, os filhos cresceram e tornaram-se monstros.

Era o filho mais querido de todos. Para ele tudo em primeiro lugar, como a assinalar sem discussão o lugar de primogênito: abraços, beijos, roupa lavada, prato feito, noites de vigília. Mas, como o tempo esgarçasse as necessidades, os abraços eram agora evitados, os beijos dispensados, a roupa imperfeita, e a comida cheia de dissabores. E por prescindir de mães, passou o resto da vida fugindo dos cuidados dos outros, para provar que independência requer rasgos de coragem. Acabou na mais completa solidão de gentes e palavras.

Ensaiava um adeus a toda hora. Queria a reação desesperada do outro. Por isso cuspia, mastigava, jogava na cara todas as palavras sábias de machucar. O outro tinha tampado os ouvidos com que sentia a vida e aos poucos foi desaparecendo, até ficar completamente invisível.

Ele tinha o rosto rascunhado com tinta fosca e parcas lembranças de dias felizes. Estava desenhado a lápis, como a esperar um traço definitivo. Vivia entre selvas e espinhos todos os seus dias. Escondido, sussurrante, provisório. Se pudesse, entraria nos banheiros para lavar a cara e livrar-se desse ar de sonho mal sonhado e noite maldormida. Mas os avisos invisíveis diziam: interditado para a vida. E com a morte nos calcanhares, cruzava os braços, para sempre. Triste fim antes do fim.

Cada vez que o telefone tocava, ela dançava. Abria todas as suas caixinhas de música e rodopiava feito bailarina. No dia em que quebrou o pé, jogou fora o telefone e foi rapidamente viver entre as pessoas.

Um submarino era tudo o que precisava. Afundar as mágoas e afogar as lágrimas. Mergulhar na densa camada que a separava do cotidiano, tão cheio de vozes e resquícios incômodos. Para isso preparou colete de salvamento, escafandro, balões de oxigênio. Mas, quando finalmente estava pronta para saltar, um dos filhos gritou por socorro!

Nada sabia de acalantos. O máximo que se permitia era um "boa-noite" na hora em que os filhos iam dormir. Mais por obrigação do que por carinho. Assim, sem participação mais estreita no imaginário das crianças, foi cedendo lugar à violência. Jogos, bebidas, fumo, negócios. E só se deu conta do erro, quando testemunhou, anos depois, que os filhos trocavam vidas por dinheiro.

Filhinho da mamãe era o que não queria ser. Queria ser herói, provar sua virilidade, usar a força bruta para conquistar um lampejo admirável nos olhos alheios. E foi deixando de sentir, aprendendo a mentir-se, obrigando-se ao modelo que a tradição lhe destinara. Hoje é estátua de pedra no meio da praça, e ninguém olha.

A voz dele não mais a alegrava, antes a enchia de repulsa. Não se encontravam mais nem ao almoço nem ao jantar. Mas à noite, quando os corpos se separavam apenas por uma linha imaginária, obrigava-se a fingir que a aventura do desconhecido lhe esperava, só para conseguir dormir ao lado de um estranho.

Ele era tão frágil! Não como podem ser as mulheres, mas como não se permite aos homens. E ganhou de presente a solidão dos iguais. Por isso, bordava nos cadernos caligrafias desenhadas a bico de pena, como maneira de expiar sua dor.

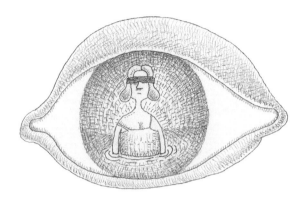

A luz do espelho era a agressão maior. Nenhuma outra lhe atingia tão frontalmente, como mirar-se no fundo de seus próprios olhos. Por isso, passava o resto do dia sofrendo de cegueira, para não ver exatamente o que lhe distanciava de si mesma.

    Tinha abandonado os estudos para dedicar-se ao filho pequeno. Aprendeu a ler pensamentos, a acordar sobressaltada, a estar sempre cansada. E tornou-se tão exímia na linguagem de sinais, que acabou ficando verde. E em vez de falar, passou a fazer a fotossíntese. Fato que acabou por garantir-lhe um lugar no horto florestal.

A menininha era cor-de-rosa. Infantilzinha como ela só! Mimadinha como ela só! E depois de fazer com suas bonecas tudo o que faziam com ela, sentia-se a melhor aluna da escola para a vida adulta. Mas a escola entrou em crise, mudaram os parâmetros curriculares e ela ficou a vagar descalça, descabelada e sem eira nem beira na estrada dos desvalidos e inadaptados aos novos tempos. Ainda hoje procura uma maneira de mudar de cor.

Nunca tinha trocado tanto de roupas. Mudava de estilo a cada hora do dia. De recatada passava a sedutora, com a maior facilidade. E de tanto ir e voltar em torno de si mesma, perdeu o novelo que a ajudava a sair do labirinto.

Era a comida a obra de arte. Tarefa das mãos grandes e grossas. Nem cebola, nem alho para roubar-lhe o desenho viril. E quando pronta a ceia, servia-se às visitas em sorrisos cúmplices de paladar apurado, esperando a hora de dizer quem tinha feito.

Em dia de festa, iluminava-se toda. Tinha luzinhas piscando em cada parte tátil de seu corpo. Podia ser notada a metros de distância, como um feixe de luz que se prolonga na escuridão da noite. E, recoberta de luzes, fazia todos acenderem-se. Quando os convidados se iam, sabia-se de onde, porque o rastro que desenhavam ia escorrendo pela cidade, até anunciarem o dia, no meio da madrugada.

Olhava tudo com aqueles olhos grandes de abraçar o mundo. Acreditava que para ser mãe precisava estar atenta. E nada acontecia sem que seu olhar vigilante pudesse reter. Mas não sabia o que ia por dentro das coisas, acostumada que estava a perscrutar os invólucros. Quando os filhos começaram a contrabandear o conteúdo das embalagens, perdeu o cargo de chefe da família e foi, pouco a pouco, ficando sem cabeça, tronco e membros. Morreu com mágoas tetraplégicas.

A inveja não podia ser dita. Era proibido sentimento vil e feio, como a mãe sempre dizia. Mas foi a dor da diferença e o desejo de ser como a irmã que a levaram a ser tudo o que é: mulher inteira e feliz.

    Trazia para casa todos os problemas do trabalho. Dormia debruçado em papéis, processos, orçamentos. Não tinha mais olhos para o que não fizesse parte da sua função profissional. Por isso não viu quando o filho perdeu o primeiro dente, quando a filha menstruou pela primeira vez, quando os filhos começaram a usar o poder de sedução. A formatura, o casamento, o batizado do neto, nada viu. Quando pressentiu que era hora de deixar, finalmente, a redoma no escritório, surpreendeu-se com a casa vazia havia anos e a silenciosa companhia das aranhas.

De tempos em tempos abria os álbuns de fotografia, para buscar pedaços do que havia perdido. Revisitava idades através de narizes e bocas, para contar um a um os riscos que a espátula dos anos havia desenhado com exatidão. E quando terminava seu ritual de inspeção, escondia-se no quarto para chorar "a falta de". Um dia descobriu, entre atônita e surpresa, que suas lágrimas eram coloridas. A partir daí passou a exibir, sem medo, a pintura de seu rosto aquarelado de histórias.

Era feito de números. A conta da luz, a fatura do telefone, os gastos do condomínio. Se abria a boca, cobrava caro. Emprestava abraços e beijos a juros altíssimos. E quando finalmente conseguiu ficar rico, já não era mais homem.

Decorava palavras da televisão. Repetia com memória espetacular falas de muitos personagens que viveu. Trocava os botões por bordões. As roupas, por figurino. A naturalidade, por gestos ensaiados. E tudo foi ficando tão de mentirinha, que acabou trocando de nome. Agora, era tudo. Agora, era nada.

Era o filho do meio, por isso metade filho, metade. E cresceu procurando a parte que faltava. E encontrou uma parte igual, igual. Para o escândalo, bastou a diferença; para a admiração, bastou a liberdade de ser o que se é. E a família, sempre dividida entre o silêncio e a cegueira de mentirinha, continua aceitando as glórias da geração de heróis. Homem com homem.

Quando ela sorria, a casa se enchia de abelhas, tão doce eram seus lábios se prolongando. Nesses dias as crianças sabiam que podiam correr pela casa, deixar tudo fora do lugar e gritar à vontade. O zumbido das pequenas asas de mel se confundia com o alarido da meninada. De repente, ela saía do quarto como quem usava calça curta e acompanhava os filhos à escola, porque queria aprender tudo de novo. Sempre seguida do séquito de abelhas. Ela no centro, como flor, e girando ao redor, o enxame de crianças.

Trazia para casa todos os bichos que encontrava. Depois de cuidar de ferimentos e fomes, tripudiava dos irmãos, como a única a ter permissão para criar animais, porque maternidade era coisa de mulher. E no tempo da espera, a urdidura da vingança. Os irmãos, sem exercitarem cuidados e doações, tornaram-se verdadeiros cães.

    Sabia que a avó permitia tudo. Decidida a estragar a boa educação e a disputar as preferências, deixava os netos voarem de encontro à liberdade, pulando precipícios e brincando às cegas com os destinos. Mas não estava preparada para o abandono, como mais tarde haveria de saber.

Eram pilhas e pilhas de roupas para lavar. Em cada peça de vestir, ficavam atadas as memórias dos fatos. E enxaguadas, quaradas e limpas, eram devolvidas aos armários, à espera de uma outra chance de mudar o rumo da História. Mas não era o hábito que fazia o monge! O rei continuava nu, e o povo, acreditando em indumentárias!

O copo sempre o esperava em cima da mesa. Sorvia o líquido amarelo como quem bebia um copo de coragem. Depois, de cara torta e boca aberta, atirava-se na cama e ia nadando até a superfície de si mesmo. Mas não podia mais sonhar.

Era encolhida no sofá que aguardava o seu retorno. Esperou meses e meses. Já não tinha forças nem para se levantar. As teias de aranha e crostas de poeira já se iam acumulando entre os dedos e as juntas. Não conseguia nem mais mover os lábios secos. Quando resolveu que era hora de dar um basta na situação, já estava etiquetada como patrimônio dele.

Brigavam a qualquer hora. Por tudo e por nada. Já não se importavam com a presença alheia nem com os sentimentos esgarçados. E de tanto esticarem a convivência, um dia ela arrebentou e atirou para longe os resquícios do que ainda era humano em cada um deles. E até hoje estão procurando os pedaços que se perderam.

Queria ser tanta coisa antes de casar-se! A mais inusitada era trapezista. Chegou a treinar anos a fio. Andou na linha das palavras, saltou de sonhos altíssimos, equilibrou-se na corda bamba das solidões, pulou arcos incendiados de desesperos e terminou por aprender todos os truques de equilíbrio e plasticidade. Mas nunca chegou a hora da estreia, porque, enclausurada no lar, negou sua outra vida e contentou-se com o papel de ventríloqua do cirquinho familiar.

A fumaça no cinzeiro lhe devolvia a lembrança do fogo. Há muito não se incendiava com nada. Um dia, estimulado pela erosão das palavras, atirou-se à lareira e ardeu inteiro feito nó de pinho. Só então se lembrou da infância de soldadinho de chumbo!

O supermercado era o único lugar que visitava com frequência, mesmo em viagem de lazer. Lista na mão, contas na ponta do lápis para aproveitar toda e qualquer oferta. Por vício, comprava o que não precisava, sempre pensando no dia de amanhã. Mas ela era perecível, e se acabou mesmo antes de consumir tudo o que havia acumulado na despensa.

    Era na chuva miúda que se dava a transformação. Crescia ao contato com a água celestial, acreditando que era dos anjos que provinham suas asas. Mas as trazia escondidas, porque voar pode provocar vertigem e medo em muitos. E para continuar sendo aceita, disfarçava seu jeito volátil debaixo de roupas largas. E negava o cuidado que as penas azuis merecem. E continuava vivendo de forma medíocre, sempre mentindo sua capacidade de bater os braços.

Desde pequeno sabia machucar com palavras, porque era senhor absoluto dos alfabetos. Por isso vivia de castigo, sob a alegação de filho malcriado. Mas era de ar que reclamava. Era de respeito que precisava. E por mais que vociferasse, ninguém ia além da leitura do imediato. Para angariar atenção queria sempre o contrário do que permitiam. Um dia o mundo girou! E ele, de avesso exposto, revelou as chagas e as surras que ainda corriam nas veias. Nunca mais refez a ligação das artérias e foi sangrar publicamente, pela noite adentro, na companhia desesperada dos copos.

Sempre que sobrava um pouco de dinheiro, ela enchia a casa de flores. E passava o tempo contemplando-as. Queria sorver o viço, o perfume, o frescor, a beleza e, antes mesmo que fenecessem, já era de novo a adolescente que um dia tinha sido. E para espanto dos olhares sisudos, e para desespero dos que já tinham sido e nem se lembravam ou queriam esquecer, tirava dos armários sua bata indiana e saía pelas ruas distribuindo olhares com jeito de paz e amor.

O rádio estava sempre ligado. Ouvindo outras vozes, esquivava-se de pensar nas vozes do seu passado. E do seu presente. Quando da impossibilidade do rádio, falava o tempo todo, assim evitava os fatos agudos que ficavam submersos no tempo de espera. E sem contato mais íntimo com o seu silêncio, entrou de vez para a lista dos opressores.

Ela queria sempre com força. Não sabia que suas palavras eram tratores e que podiam escavar o ar, até mudarem as coisas de lugar. No dia em que disse "vida nova", uma nova estrada abriu-se à sua frente. Mas era uma estrada desabitada e ainda por fazer-se. Então, pegou de mansinho a pá dos desejos e foi escavando cada palmo de sonho, moldando cada viga que ia sustentar a nova morada e mudou-se, de vez, com malas e bagagens, para o reino do "era uma vez".

Queria escrever seu nome em algum coração, com tinta eterna. Por isso rasgou muitos peitos e experimentou as milhares de matérias-primas, mas todas acabavam por apagar-se, fosse com o tempo, fosse com cirurgia de extirpação. Quando, absolutamente cansada e portadora da inscrição de desistente, foi no seu peito que se operou o milagre: tinha se apaixonado, e morreria de amores, dentro em pouco, dentro em breve.

Estava sempre com a cara lavada de lágrimas. Chorava até encher a banheira e mergulhava fundo na sua dor. Assim, imersa em água salgada de tristezas, banhava-se de mais e mais problemas. E estava sempre olhando para baixo, porque levantar a cabeça doía-lhe mais do que tudo. Mas, na água suja dos seus erros, não podia ser nem peixe nem sereia, então se contentava em virar uma simples água-viva, para consumir-se em sua própria ardência. Até o dia em que desaparecerá pelo ralo do banheiro. Não sem antes provocar, nos outros, algumas queimaduras indeléveis.

Depois das festas parecia que tinham levado pedaços dela. Faltava um olho, certamente, ou até mesmo uma das narinas. Porque tudo lhe sorria pela metade. A memória da noite anterior também só registrava um lado das coisas, o resto era especulação. Até a alegria era menor do que antes, como dar-se em estado de graça fosse o começo do fim.

Quando o pai e a mãe dividiram os mundos, não pôde optar com quem ficar. Reservaram-lhe cama vazia em dois quartos. Em castelo de areia, ergueu as paredes da sua própria casa. Não foi o diferente no mundo dos iguais, porque os tempos eram outros. Mas foi sempre o que podia gabar-se de ter tudo multiplicado, inclusive as ausências.

Quando a casa ficava vazia, ela podia gritar e descabelar-se. Ninguém para modular os seus gritos, ninguém para distorcer as suas palavras. Falava com ela mesma, em altos brados, só pelo prazer de poder dizer-se coisas que jamais diria na presença de outrem. E foi ficando tão inflada, tão cheia de si, que acabou ganhando as alturas, como um lindo balão vermelho.

Habitava uma casa coberta por fumaça. Eram os antepassados que vinham trazer como herança os fatos que desconhecia. Assim, com o passar dos anos, foi ganhando o nariz do tataravô, as mãos do bisavô, o sorriso do avô, o olhar do pai. E de posse de todos os erros genéticos, fez uma sangria nos testamentos e herdou de vez a liberdade para ser ele mesmo.

Estavam de luto, a mãe principalmente. Não, a mãe não. Ela podia agora abreviar o sofrimento, desde que roubaram-lhe a liberdade, os projetos de futuro, os estudos, a profissão e a beleza. Merecia aposentar-se da escravidão do amor bruto, do contentar-se com o mínimo, do domínio da desigualdade. Estava aliviada, estava era no princípio de ser feliz.

"Sem você eu não vivo", dizia a mãe. Mas o tempo provou dos contrários. O amor acabou, o pai virou memória, e o filho, alimentado por sua própria história, armou o exército do eu-sozinho e foi combater as verdades eternas. Lutou, vigorosamente, pelo direito de ser findável. Ganhou medalhas e patentes. E para a mãe, ficou a alternativa de recomeçar tudo com os netos.

Sempre quis ser a Emília do Lobato. Sem papas na língua, sem freios na imaginação, com suas perversõezinhas caseiras. Se era de dizer, era mais de fazer. E fez da vida um grande sítio amarelo, onde tudo e todos chegavam e partiam, atraídos pelo exercício do imaginário. E de tanto poder tudo, inclusive ser gente, entrou para sempre no livro da infância eterna.

Primos também provocam desejos. Abrem flores no asfalto do corpo, tateiam os poros com mãos quentes e desafiam os limites do sangue. Mas, por imposição dos costumes, não servem para casar.

Nunca estava bem vestida. Tinha tanto o que fazer dentro de casa, que não se preocupava com as unhas, as mãos, os cabelos, o rosto. Um dia, ao deparar-se de relance com sua imagem no espelho, adivinhou assustada que sua pele enegrecera e seu olhar estava esmaecido. Nesse mesmo dia, ao abrir a porta do quarto, deu-se conta de que vivia na senzala e tinha sido escrava da família, mesmo depois de anos da abolição da escravatura. E que a argola que havia carregado no dedo estava agora no pé.

Lia tudo o que se passava nos outros olhos. Sabia decifrar cada canto escondido de quem lhe olhava. Podia ler a mentira da filha, o medo do caçula e as inverdades do marido. Tinha lá o seu dicionário de piscadelas, vibrações e movimentos oculares, que a deixavam tranquila para sondar o aparentemente insondável. Mas um dia foi ofuscada pela dor e, com os olhos turvos, começou a confundir o que via. Já não traduzia com a mesma eficácia. Por isso, decidiu fechar os olhos e aprender a ler com os outros sentidos. E descobriu, em braile, o livro do coração.

Se a filha gostasse de outra seria o fim, ou o início do infindável rosário de culpas e acusações. Mas, procurando bem, saberia que o desejo não monta guarda na porta errada, não escreve atestado de óbito eterno, nem vira o rosto por simples decisão. Se pudesse enxergar o mar dos olhos, se atiraria contra as rochas e nadaria até a praia, para morrer de vez com o preconceito.

Mãe sem limites. Dava o rosto para os filhos baterem quando contrariados. Mas era o medo que fomentava, sem que ela soubesse. Era um não saber querer que alargava as fronteiras da permissão. Quando os dias esticaram as pernas para além das rédeas, a mãe ficou perdida no meio da sala, flagelando-se por ter sido tão elástica.

Tia é mãe que deixa muito. Deixa abandonar costumes e regras. Deixa representar o papel de amiga; tutora dos sentimentos mais indizíveis, mais escamoteados. Porém, quando o tempo se avoluma em direção ao futuro, já não satisfaz com suas brincadeiras de Mary Poppins.

O avô era velhinho de aparência. Mas reluzia por dentro. Recendia por fora. Não a mofo, mas a sândalo, que é de onde se originam as fogueiras da experiência.